D1213007

WordBooks
Libros de Palabras

Holidays and Celebrations
Los Días de Fiestas y Las Celebraciones

by Mary Berendes • illustrated by Kathleen Petelinsek

A note from the Publisher:
In general, nouns and descriptive words in Spanish end in "o" when referring to males, and in "a" when referring to females. The words in this book reflect their corresponding illustrations.

The Child's World

Published in the United States of America by The Child's World®
1980 Lookout Drive • Mankato, MN 56003-1705
800-599-READ • www.childsworld.com

Acknowledgments
The Child's World®: Mary Berendes, Publishing Director
The Design Lab: Kathleen Petelinsek, Design and Page Production

Language Adviser: Ariel Strichartz

Library of Congress Cataloging-in-Publication Data
Berendes, Mary.
Holidays and celebrations = Los dias de fiestas y las celebraciones / by Mary Berendes ; Illustrated by Kathleen Petelinsek.
p. cm. — (Wordbooks = Libros de palabras)
ISBN 978-1-59296-991-3 (library bound : alk. paper)
1. Festivals—Juvenile literature. 2. Holidays—Juvenile literature. I. Petelinsek, Kathleen. II. Title. III. Title: Dias de fiestas y las celebraciones.
GT3933.B46 2007
394.26—dc22 2007046566

birthday
el cumpleaños

celebration
la celebración

party
la fiesta

candles
las velas

cake
el pastel

slice
el trozo

gifts
los regalos

ice cream
el helado

wedding
la boda

hearts
los corazones

veil
el velo

flowers
las flores

rings
los anillos

bride
la novia

groom
el novio

wedding gown
el vestido de novia

love
el amor

graduation
la graduación

cap
el birrete

tassel
la borla

confetti
el confeti

diploma
el diploma

gown
la toga

graduate
el bachiller

New Year's Day
el Día de Año Nuevo

balloons
los globos

top hat
el sombrero de copa

sash
la banda

Happy New Year!

Baby New Year
el Bebé de Año Nuevo

Martin Luther King, Jr. Day
el Día de Martin Luther King, Jr.

monument
el monumento

crowd
la muchedumbre

pond
el estanque

speech
el discurso

Presidents' Day
el Día de los Presidentes

clouds
las nubes

monument
el monumento

stone
la piedra

Valentine's Day
el Día de los Enamorados

hearts
los corazones

card
la tarjeta

glue
el pegamento

construction paper
el papel para manualidades

crayons
los crayones

St. Patrick's Day
el Día de San Patricio

rainbow
el arco iris

leprechaun
el duende irlandés

four-leaf clover
el trébol de cuatrohojas

pot of gold
la caldera de oro

Passover
la Pascua Hebrea

yarmulke
la kipá

candle
la vela

meal
la comida

Easter
la Pascua

cross
la cruz

eggs
los huevos

Easter Bunny
el Conejo de Pascua

basket
la cesta

Mother's Day
el Día de las Madres

Memorial Day
el Día de la Conmemoración de los Caídos

Father's Day
el Día de los Padres

Independence Day
el Día de la Independencia

Labor Day
el Día de los Trabajadores

picnic
el picnic

apron
el delantal

grill
la parrilla

Ramadan
el Ramadán

moon
la luna

pray
rezar

mosque
la mezquita

Halloween
el Halloween

costumes
los disfraces

candy
los dulces

pumpkin
la calabaza

Thanksgiving
el Día de Acción
de Gracias
Native Americans
los indígenas
Pilgrims
los colonos
turkey
el pavo
corn
el maíz

Hanukkah
el Hanukkah

Star of David
la Estrella de David

yarmulke
la kipá

candles
las velas

potato pancakes
los buñuelos de patata

dreidel
el dreidel

menorah
la menorá

Christmas
la Navidad

star
la estrella

lights
las luces

ornaments
los adornos navideños

Christmas tree
el árbol de Navidad

ribbon
la cinta

gifts
los regalos

manger
el belén

Kwanzaa
la Cuansa

candles
las velas

kinara
la kinara

gift
el regalo

cup
el cáliz

nuts
los frutos secos

mat
el tapete

corn
el maíz

fruits and vegetables
las frutas y los vegetales

word list
lista de palabras

apron	el delantal
Baby New Year	el Bebé de Año Nuevo
balloons	los globos
basket	la cesta
birthday	el cumpleaños
bride	la novia
cake	el pastel
candles	las velas
candy	los dulces
cap (graduation)	el birrete
card	la tarjeta
celebrations	las celebraciones
children	los niños
Christmas	la Navidad
Christmas tree	el árbol de Navidad
clouds	las nubes
confetti	el confeti
construction paper	el papel para manualidades
corn	el maíz
costumes	los disfraces
crayons	los crayones
cross	la cruz
crowd	la muchedumbre
cup	el cáliz
diploma	el diploma
dreidel	el dreidel
Easter	la Pascua
Easter Bunny	el Conejo de Pascua
eggs	los huevos
father	el padre
Father's Day	el Día de los Padres
fireworks	los fuegos artificiales
flag	la bandera
flowers	las flores
football	el fútbol americano
four-leaf clover	el trébol de cuatrohojas
fruits and vegetables	las frutas y los vegetales
gifts	los regalos
glue	el pegamento
gown (graduation)	la toga
graduate	el bachiller
graduation	la graduación
grandfather	el abuelo
grandmother	la abuela
grave	la tumba
grill	la parrilla
groom	el novio
Halloween	el Halloween
Hanukkah	el Hanukkah
hearts	los corazones
holidays	los días de fiestas
ice cream	el helado
Independence Day	el Día de la Independencia
kinara	la kinara
Kwanzaa	la Cuansa
Labor Day	el Día de los Trabajadores
leprechaun	el duende irlandés
lights	las luces
love	el amor
manger	el belén
Martin Luther King, Jr. Day	el Día de Martin Luther King, Jr.
mat	el tapete
meal	la comida
Memorial Day	el Día de la Conmemoración de los Caídos
menorah	la menorá
monument	el monumento
moon	la luna
mosque	la mezquita
mother	la madre
Mother's Day	el Día de las Madres
Native Americans	los indígenas
New Year's Day	el Día de Año Nuevo
nuts	los frutos secos
ornaments	los adornos navideños
party	la fiesta
Passover	la Pascua Hebrea
picnic	el picnic
Pilgrims	los colonos
pond	el estanque
pot of gold	la caldera de oro
potato pancakes	los buñuelos de patata
(to) pray	rezar
Presidents' Day	el Día de los Presidentes
pumpkin	la calabaza
rainbow	el arco iris
Ramadan	el Ramadán
ribbon	la cinta
rings	los anillos
sash	la banda
slice	el trozo
son	el hijo
speech	el discurso
St. Patrick's Day	el Día de San Patricio
Star of David	la Estrella de David
stars	las estrellas
stone	la piedra
tassel	la borla
Thanksgiving	el Día de Acción de Gracias
tombstones	las lápidas
top hat	el sombrero de copa
turkey	el pavo
Valentine's Day	el Día de los Enamorados
veil	el velo
wedding	la boda
wedding gown	el vestido de novia
wreath	la corona
yarmulke	la kipá